Colores + formas

Editado por Scholastic Inc., 90 Old Sherman Turnpike, Danbury, CT 06816

SCHOLASTIC y los logotipos asociados son marcas de producto y/o marcas registradas de Scholastic Inc.

ISBN 0-439-90521-4

Título del original en inglés: The Color Finders

Traducción de Daniel A. González y asociados

Impreso en Estados Unidos de América

Primera impresión de Scholastic, septiembre de 2006

Las buscadoras de colores

¡Sorpresa de colores!

por
Annie Evans

ilustrado por
Tom Mangano

SCHOLASTIC INC.

Nueva York Toronto Londres Auckland Sydney
Ciudad de México Nueva Delhi Hong Kong Buenos Aires

—Estamos haciendo una sorpresa colorida para llevar a la Feria de Colores de hoy —les anunció el señor Salt a Blue y a Magenta—. ¿Quieren ser buscadoras de colores?

—¡Por supuesto! —exclamaron Blue y Magenta—.

—Magnífico —dijo el señor Salt—. El primer artículo de nuestra lista es rojo y también debe ser redondo y crujiente. ¿Lo pueden ir a buscar, por favor?

¡Sorpresa de colores!

—Vamos a buscar en
el patio —propuso Blue.

—Estamos buscando algo rojo,
redondo y crujiente —les dijo Magenta a
la pala Shovel y al balde Pail.

—Yo soy rojo y redondo —dijo Pail.

—Sí —asintió Blue —, pero no eres crujiente.

—Tal vez lo que ustedes quieren está por
aquí en alguna parte —sugirió Shovel.
Todos miraron alrededor del patio.
—¡Ya lo veo! —gritó Magenta.

—¡Encontramos algunas manzanas! Son rojas, redondas y crujientes —les dijo Magenta al señor Salt y a la señora Pepper.

—*¡Magnifique!* —dijo la señora Pepper mientras aplaudía.

¡Sorpresa de colores!

—Ahora, necesitamos
algo que sea azul, redondo y
pequeño —dijo el señor Salt.
—Busquemos en el jardín —propuso Blue.

Cuando iban camino al jardín, Blue y Magenta vieron a Periwinkle jugando en su patio.

—Somos las buscadoras de colores —le dijo Magenta a Periwinkle.

—Estamos buscando algo azul, redondo y pequeño —explicó Blue.

—Tu pelota es azul y redonda —señaló Periwinkle.

—Pero es grande, no pequeña —dijo Magenta, riéndose.

De pronto Blue gritó —¡Ya lo veo! ¿Y tú?

—Aquí hay algunos arándanos. ¡Son azules, redondos y pequeños! —les dijo Blue al señor Salt y a la señora Pepper.

—¡*Merci!* —cantó la señora Pepper—. Lo siguiente es algo amarillo. Además es largo y se tiene que pelar.

—Hum. Bueno, tendremos que pensar en esto —dijo Blue.

¡Sorpresa de colores!

Las buscadoras de colores se sentaron en el sillón de pensar y pensaron en cosas amarillas.

—Hay muchas cosas amarillas aquí —dijo de pronto el cajón de la mesita Sidetable Drawer.

—Sí —dijo Blue—, pero tiene que ser algo largo y que se pueda pelar.

Magenta se bajó del sillón de un salto
y gritó con alegría. —¡Ya sé qué es!

—Aquí hay unas bananas —les dijo
Magenta al señor Salt y a la señora Pepper.
—Son amarillas, largas y se tienen que pelar.
—Maravilloso —dijo la señora Pepper.

¡Sorpresa de colores!

—También podemos usar algo que sea morado,
redondo y que venga en racimos —dijo el señor Salt.

—Busquemos en el patio delantero —propuso Blue.

Periwinkle estaba recolectando insectos en la entrada de la casa.

—Hola. ¿Todavía están buscando colores? —les preguntó.

—Sí —dijo Magenta—. ¿Has visto algo morado, redondo y que venga en racimos?

—¡Tengo algo que es peri-perfecto! —
dijo Periwinkle sonriendo.

—Tienes razón, Periwinkle —dijo Blue.

—Aquí hay unas uvas. Son moradas, redondas y vienen en racimos —les dijo Blue al señor Salt y a la señora Pepper.

¡Sorpresa de colores!

—Son perfectas para la sorpresa
—los felicitó el señor Salt.

— *Merci* —dijo la señora Pepper—.
Encontraron manzanas, arándanos,
bananas y uvas.

—¡Y también tenemos peras y
naranjas! —dijo el señor Salt. —Ahora
estamos listos para hacer nuestra
sorpresa para la Feria de Colores.

—¿Qué será? —le susurró
Magenta a Blue.

—¡Es la hora de la sorpresa! —anunció el señor Salt en la feria.

—¡*Voilà*! —dijo la señora Pepper mientras destapaba un gran plato de ensalada de frutas.

—¡Guao! —exclamó Blue—. ¡Está hecha con todas las cosas de colores que encontramos!

La señora Pepper asintió y sonrió. —No hubiéramos podido hacer esta sorpresa de colores sin la ayuda de las buscadoras de colores.

Fundamentos de Aprende jugando de Nick Jr.™

¡Las habilidades que todos los niños necesitan, en cuentos que les encantarán!

colores + formas
Reconocer e identificar formas y colores básicos en el contexto de un cuento.

emociones
Aprender a identificar y entender un amplio rango de emociones: felicidad, tristeza, entusiasmo, frustración, etc.

imaginación
Fomentar las habilidades de pensamiento creativo a través de juegos de dramatización y de imaginación.

matemáticas
Reconocer las primeras nociones de matemáticas del mundo que nos rodea: patrones, formas, números, secuencias.

música + movimiento
Disfrutar el sonido y el ritmo de la música y la danza.

actividades físicas
Promover coordinación y confianza a través del juego y de ejercicios físicos.

resolución de problemas
Usar habilidades de pensamiento crítico (observar, escuchar, seguir instrucciones) para hacer predicciones y resolver problemas.

lectura + lenguaje
Desarrollar un amor duradero por la lectura a través del uso de historias, cuentos y personajes interesantes.

ciencia
Fomentar la curiosidad y el interés en el mundo natural que nos rodea.

habilidades sociales + diversidad cultural
Desarrollar respeto por los demás como personas únicas e interesantes.

Colores + formas

Estímulo de conversación

Preguntas y actividades para que los padres ayuden a sus hijos a aprender jugando.

¡Haz tu propia sorpresa colorida! Pinta todos los colores del arco iris en una hoja de papel, luego trata de encontrar un objeto de cada color en tu casa o afuera.

Para encontrar más actividades para padres e hijos, visita el sitio Web en inglés www.nickjr.com.